MW01155015

Prologue

Ia Moua Yang has kept the textile traditions alive here in the United States. She died suddenly in 2011. One of her favorite stories was the Hmong Cinderella Story which explains the significance of the Indigo batik cloth that is one of the major textile traditions in the Hmong culture. When I began working with Ia in Providence, Rhode Island more than 25 years ago, we gathered in her home along with extended family. They told me the Cinderella Story at this time. As they told the story in Hmong, Ia translated it into English; the group rolled in laugher at several points in the story. I could tell how much they enjoyed Cinderella. Unlike the Cinderella story we know, in the Hmong story the young couple are united in the hemp cloth with its indigo pattern formed by using beeswax to resist the dye so a design is created.

As a tribute to Ia Moua Yang and her love of the Hmong culture, we are making a book of this folk-tale and basing the illustrations on a style that appears in Hmong story clothes. We have Cinderella in Hmong, English and Lao because the Hmong culture weaves into each of these cultures, and we wish to make this story available to as many people as possible.

This has been a labor of love just as Ia Moua Yang's textiles were a labor of love. May they meet and give joy to those who share the Cinderella Story.

Carolyn Shapiro

Adapted by Sandy Vangyi, Elizabeth Vangyi, Jennifer Vangyi

Translated to Hmong by Zongsae Vang

Translated to Lao by Ka Ying Yang, Nou Lorbliayao, Panee Yang, Bee Yang, Nyia Her

Illustrated by Carolyn Shapiro based on images from Hmong story cloths

Layout by Timothy Jay Newcomb

This book is dedicated in loving memory to **Ia Moua Yang**, a beautiful woman with a kind heart who has touched many with her art.

ປຶ້ມທໍ່ອນີ້ແມ່ບຂານອຸທິດໃນຄວາມຮັກ ແລະ ຄວາມສີງຈໍາໃຫ້ ແມ່ໄອມົວ ຍ່າງ, ຜູ້ຍິງໂສມງາມກັບຈິດໃຈອັນປະເສິດ ແລະ ຊາບຊຶງໃນສິນລະປະຂອງນາງ.

Phau ntawv nuav yog muab cob fim ua kev hlub hab kev ncu txug rua Ia Moua Yang, kwv yog ib tug tuab neeg zoo nkauj rug rua lub sab zoo kws nwg tau txhawb ntau leej ntau tug lug ntawm nwg tej txuj ci.

Characters in the
Hmong Cinderella Story

The First Wife, BAO

The Husband, TOU

The Second Wife

The First Daughter, KAB

The Second Daughter

The Young Man

The Son

Up in the mountains, in the ancient Hmong[1] village lived a husband, Tou, his wife, Bao, and their beautiful daughter, Kab. The husband needed more help harvesting and decided to marry a second wife, who also had a daughter. The second wife was very selfish and pretended to be very sick in hopes of getting rid of the first wife, Bao.

ເທິງພູດອຍແທ່ງໜຶ່ງ, ໃນໝູ່ບ້ານຂອງຊາວເຜົ່າມົ້ງແທ່ງໜຶ່ງ ມີຄອບຄົວໜຶ່ງຜູ້ ເປັນຜົວ ຊື່ ທ້າວ ຕູ້ ແລະ ເມຍ ບາງ ເບົ້າ ພ້ອມກັບລູກສາວນາງງາມຊື່ກາບຜູ້ແສນສວຍງາມ. ຜູ້ເປັນຜົວຕອງງ ການ ຢາກ ໃຫ້ມີແຮງງານເພີ່ມໃນການເກັບກ່ຽວຜົນລະປູກຂອງງ ຄອບຄົວຈຶງ ຕັດສິນໃຈໄປ ແຕ່ງງານ ກັບເມຍ ຄົນທີສອງ, ເຊິງມີລູກສາວມານຳອິກຜູ້ໜຶ່ງຄົນ, ເມຍຄົນທີສອງນີ້ເປັນຄົນ ໃຈຖ່ອຍ ແລະ ຂີ້ຕວະຍາມໃດກໍທຳທ່າ ເຈັບປ່ວຍຢູ່ຕະຫຼອດ ເພື່ອຫວັງຈະອາງ ແຜນກຳ ຈັດ ເມຍຫຼວງ.

Nyob peg tojsab nub caaj thau u txawm muaj ib lub zog moob, nyob muaj tug quas yawg npe hu ua Tub, nwg tug quas puj hu ua Npauj, hab ob tug ib tug muaj ib tug ntxhais hu ua Kab. Thaum tug quas yawg pum tas nwg tim tsum kev paab nruab laj nruab teb, nwg txha txav txim sab yuav ib tug nam yau, kws tug nam yau hov kuj muaj ib tug ntxhais hab. Tug nam yau yog ib tuab neeg sab phem heev hab nwg ua txuj mob nyaav heev kuas sub txha le ncaws tau tug nam luj kws yog Npauj tawm moog.

The husband decides to go to the spirit tree and ask the spirit tree why his second wife is so sick. The second wife sees her husband go to the tree and quickly runs to hide behind it. She replies from behind the spirit tree, "The first wife must be sacrificed."

But the husband thinks that sacrificing a cow will solve the second wife's illness. The husband returns home and tells his second wife a cow must be sacrificed. He leaves to go buy a cow. He arrives too late and there are no cows left. He decides that he must treat his first wife like a cow. He uses a stick on her and feeds her grass, "poof" she magically turns into a cow.

ມື້ໜຶ່ງຜູ້ເມຍນ້ອຍທຳທ່າເຈັບໜັກ,ຜູ້ເປັນຜົວຈຶ່ງຕັດສິນໃຈໄປຂໍຕົ້ນໄມ້ສັກສິດຕົ້ນ ໜຶ່ງໃນຄະນະທີ ລາວກຳລັງໄປນັ້ນເມຍນ້ອຍຮູ້ວ່າລາວຈະໄປຂໍຕົ້ນໄມ້ສັກສິດເມຍ ນ້ອຍກໍເລຍອອກໄປຫຼົບຢູ່ຫຼັງ ຕົ້ນໄມ້ຕົ້ນນັ້ນກ່ອນແລ້ວ, ຟໍຜູ້ເປັນຜົວໄປຮອດກໍຖາມ ຕົ້ນໄມ້ນັ້ນວ່າ: ເປັນຫຍັງເມຍນ້ອຍຂອງ ຂ້ອຍຈຶ່ງເຈັບໜັກປານນນ? ເມຍນ້ອຍໄດ້ ຕອບມາຈາກທາງຫຼັງຕົ້ນໄມ້ນັ້ນວ່າ: ຖ້າຢາກໃຫ້ນາງຕີ ເຈົ້າຕ້ອງເອົາເມຍຫຼວງຂອງເຈົ້າມາຂ້ າເຮັດຜີໃຫ້ນາງແລ້ວນາງກໍຈະຄືຂຶ້ນ

ຫຼັງຈາກທີ່ລາວກັບມາຮອດເຮືອນລາວບອກເມຍນ້ອຍວ່າ: ຕົ້ນໄມ້ສັກສິດບອກວ່າໃຫ້ເອົາ ງົວໂຕໜຶ່ງມາເຮັດຜີແລ້ວເຈົ້າກໍຈະຄືຂຶ້ນຜົ້ນລົມກັບຈັບເມຍນ້ອຍບອກໃຫ້ໄປຊອກງົ ວມາແຕ່ຜົ້ນລາວ ມາຮອດບໍ່ມີງົວຂາຍແລ້ວລາວກໍເລຍຄິດວ່າເຫື່ອນີ້ຈຳເປັນຈະຕອ ຂ້ ງເອົາເມຍຫຼວງມາເປັນງົວແທນ ແລ້ວລາວໄດ້ເອົາໄມ້ແສ້ມາຕີເມຍຫຼວງ, ເອົາສາຍມາມັດຄໍ ແລະ ເອົາຫຍ້າໃຫ້ນາງກິນຄືກັບ ນາງ ເປັນງົວໂຕໜຶ່ງ ຫຼັງຈາກນັ້ນກໍເລຍເຮັດໃຫ້ເມຍຫຼວງ ກາຍເປັນງົວໂຕໜຶ່ງແທ້ໆ

Tug quas yawg txha tau txav txim sab moog thov ntoo xeeb hab nwg nug ntoo xeeb tas yog le caag es nwg tug nam yau yuav mob nyaav ua luaj. Thaum tug nam yau pum tas nwg tug quas yawg sawv kev moog rua tom tug ntoo xeeb lawm, nws txawm nyag kev dha ua ntej moog nraim tom qaab tsob ntoo. Nwg teb tom qaab tsob ntoo tuaj tas, "yuav tau muab koj tug nam luj txi dlaab."

Tabsis tug quas yawg xaav tas ca muab ib tug nyuj coj lug ua nyuj dlaab ces yuav dlaws tau cov teebmeem hab paab tau tug nam yau zoo lawm. Thaum tug quas yawg lug txug tsev nws txha has rua tug nam yau tas yuav tsum muab ib tug nyuj lug ua nyuj dlaab. Tug quas yawg moog yuav nyuj tabsis nwg yuav tsi tau vim nwg moog lig ces luas muab nyuj muag taag. Nwg txha xaav tas ca muab tug nam luj hloov ua ib tug nyuj. Nwg txha muab paas nplawm hab muab zaub pub tug nam luj le yog ib tug nyuj ces tug nam luj txawm ca le txa ua ib tug nyuj lawm tag.

The first daughter, Kab, is told to take the cow out to the meadows and tend to it. Not knowing that the cow is her mother, she cries to the cow everyday feeling sorry for herself that now she has no one to teach her how to cross stitch. One day, the cow speaks back telling Kab that she is her mother but in a cow form. From here on, the cow begins teaching Kab how to cross-stitch. The second daughter becomes jealous of Kab's cross-stitching and spies on her.

ຕໍ່ມາຜູ້ເປັນຜົວໄດ້ເວົ້າກັບລູກສາວຂ້ຶ ບາງ ກ້າ ເຊິ່ງເປັນລູກສາວຂອງລາວ, ແລະ ເປັນ ລູກ ຂອງເມຍຫຼວງວ່າ: ໃຫ້ບາງ ກ້າ ພາງົວໄປກິນຫຍ້າຢູ່ເຕິນຫຍ້າເຖິງລາວຈະບໍ່ຮູ້ ວ່າ ງົວທີ່ ລາວພາໄປກິນຫຍ້າທຸກມື້ນັ້ນເປັນແມ່ຂອງລາວກໍຕາມແຕ່ລາວກໍຮ້ອງໄຫ້ທຸກມື້ ກັບງົວໂຕ ນັ້ນເພາະວ່າລາວເສຍໃຈວ່າບໍ່ມີ ຜມາສອນຖັກແສ່ວອີກແລ້ວ.

ມີມື້ໜຶ່ງງົວແມ່ໂຕນັ້ນຈຶ່ງໄດ້ບອກ ບາງ ກ້າ ວ່າລາວເປັນແມ່ຂອງບາງ ກ້າ ແຕ່ວ່າ ລາວ ກາຍມາເປັນງົວເພາະລາວຕ້ອງໄດ້ກິນຫຍ້າ ຄືກັບງົວ. ຕັ້ງແຕ່ນັ້ນມາ, ລາວໄດ້ຊ່ອຍ ກ້າ ຖັກແສ່ວທຸກມື້.

ຜັນ້ອງສາວຂອງບາງ ກ້າ, ເຊິ່ງເປັນລູກສາວຂອງເມຍນ້ອຍມາເຫັນກໍອິດສາກັບຜ້າ ແສ່ວ ຂອງບາງ ກ້າ ແລ້ວລາວກໍເລີຍລັກຕາມໄປເບິ່ງບາງ ກ້າ.

Tug quas yawg txha has rua nwg tug ntxhais, Kab, kuas nwg coj tug nyuj moog laaj zaub lawm tom tshaav zaub hab kuas nwg thov tug nyuj. Taab txawm nwg tsi paub tas tug nyuj hov yog nwg nam los nwg naj nub quaj rua tug nyuj vim nwg paub tas yuav tsi muaj leej twg lug qha nwg saws maaj saws ntuag lawm.

Muaj ib nub, tug nyuj txha tau has qha rua Kab tas nwg tub yog Kab le nam tabsis yog nwg txa ua ib tug nyuj lawm xwb. Txij ntawd lug, nwg pib qha Kab saws maaj saws ntuag.

Thaum nam yau txug ntxhai pum tas nyuj qha Kab saws maaj saws ntuag ces nwg khib heev hab nwg txawm pib soj.

She sees that the cow is teaching Kab how to do beautiful cross-stitching so she decides that one day she will take the cow out to the meadow and tend to it. The cow is angry towards her and runs the opposite direction. The second daughter's bracelet gets stuck on the chain of the cow, and she gets dragged through the forest. The cow stops at the river's edge and the second daughter is able to free herself. The second daughter returns home and becomes ill.

ຜູ້ນ້ອງສາວຈິ່ງເຫັນອ່າງວົວແມ່ໂຕ ຕນັ້ນກຳລັງສອນນາງ ກ້າ ແສ່ວຜ້າປ່ານທີ່ສວຍໆຢູ່. ມີຫນື່ງ ນ້ອງ ສາວຈິ່ງໄດ້ພາງວົວແມ່ໂຕນັ້ນໄປກິນຫຍ້າ ແລະ ນາງໄດ້ຂໍໃຫ້ງວົ ແມ່ຂ້ອຍບອກການງແສ່ວຜ້າ. ແຕ່ ງວົແມ່ບໍ່ຍອມ, ງວົແມ່ກໍ່ເລີຍແລ່ນກັບຄືນ ເຮັດໃຫ້ສາຍມັດງວົສັ້ ນຫນື່ງເກາະເອົາປອກແຂນຂອງ ນາງ ແລ້ວລາກນາງເຂົ້າໄປໃນປ່າຈິນຮອດ ແຖມນ້ຳງວົແມ່ຈຶ່ງຢຸ ດແລ້ວນາງຈິ່ງອອກໄດ້. ຫຼັງຈາກ ທີ່ນ້ອງສາວກັບມາ ຮອດເຮືອນ ແລ້ວກຳເກີດເຈັບເປັນຂຶ້ນມາ.

Nwg pum tas nyuj xij qha Kab ua tau roog maaj roog ntuag zoo nkauj heev ces nwg chim heev, ib nub nwg txha coj nyuj moog laaj zaub hab thov kuas nyuj qha. Nyuj chim heev rua nwg hab nyuj txha le dha rov qaab ua rua hlua nyuj tsig nwg lub paug cejdlaab hab muab nwg caab rua tom haav zoo. Thaum nyuj moog nreg ntawm ntug dlej ces nwg maam dlaws hlua rov lug txug tsev ces nwg txawm pib mob nyaav zuj zug.

The husband goes to the spirit rock and asks, "Spirit rock, what has happened to my second daughter, why is she so sick?" Without the husband knowing, the second wife hides behind the spirit rock and replies, "You must destroy your first wife's loom[2] and hemp[3]." The second daughter is still sick. The husband goes to the spirit tree and asks, "Why is my second daughter still sick?" The second wife hiding behind the tree knows that the first wife is the cow so she answers, "The cow must be killed." The husband gets home and Kab over hears that they are planning to kill the cow and quickly runs to the stable.

ຜູ້ເປັນຜົວຈຶ່ງໄດ້ໄປຖາມນຳຫິນສັກສິດວ່າ: ມີຫຍັງເກິດຂຶ້ນກັບລູກສາວຂອງລາວເປັນຫຍັງ ບາງຈຶ່ງເຈັບ ໜັກແທ້? ຜູ້ເປັນຜົວບໍ່ຮູ້ວ່າເມຍນ້ອຍໄດ້ໄປຫຼົບຢູ່ຫາງຫຼັງຂອງຫິນສັກຄຸນັ້ນກ່ ອນແລ້ວ. ເມຍນ້ອຍຈຶ່ງ ຕອບອອກຈາກຫຼັງຫິນນັ້ນມາວ່າ: ເຈົ້າຈະຕ້ອງທຳລາຍກີຕຳຜ້າ ແລະ ແຜ່ນບທັງໜົດຂອງເມຍ ຫຼວງຕົ້ມໃຫ້ໜົດສາກ່ອນ. ຫຼັງຈາກທີເຮັດແມວນັ້ນແລ້ວລູ ກສາວຂອງເມຍນ້ອຍກໍຍັງບໍ່ດີຂຶ້ນເລີຍຜູ້ ເປັນຜົວຈຶ່ງໄດ້ຕັດສິນໃຈໄປຖາມຕົ້ນໄມ້ສັກສິດ ອີກ ແຕ່ຜູ້ເປັນຜົວບໍ່ຮູ້ ວ່າເມຍນ້ອຍໄດ້ໄປຫຼົບຢູ່ຫຼັງ ຕົ້ນໄມ້ນັ້ນແລ້ວຜູ້ເປັນຜົວໄດ້ຖາມຕົ້ນໄມ້ ວ່າ: "ເປັນຫຍັງລູກສາວຂອງຂ້ອຍຈຶ່ງບໍ່ດີຂຶ້ນເລີຍ?". ເມຍ ບໍ່ ຍຢູ່ຫາງຫຼັງຂອງຕົ້ນໄມ້ ຕຕ້ ອບວ່າ: "ຕ້ອງຂ້າງົວແມ່ໂຕນັ້ນ". ເພາະເມຍນ້ອຍຮູ້ແລ້ວວ່າງົວແມ່ ໂຕນັ້ນເປັນເມຍຫຼວງ. ຜໍ ມາຮອດເຮືອນຜູ້ເປັນຜົວກໍ່ໄດ້ບອກໃຫ້ເມຍນ້ອຍວ່າຈະຂ້າງົວແມ່ໂ ຕນັ້ນ ຜໍ ບາງ ກ້າ ມາໄດ້ ຍິນບາງຈຶ່ງໄດ້ແລ່ນໄປທີ່ຄອກງົວກ່ອນ.

Tug quas yawg txha le moog saib yaig lawm tom zeb dlaus hab nug "zeb dlaus" tas yog muaj dlaab tsi tshwm sim rua nwg tug ntxhais yau es txha le mob nyaav ua luaj le? Tug quas yawg tsi paub tabsis nwg tug nam yau twb nyob tom qaab zeb dlaus teb tas, "koj yuav muab koj tug nam luj lub ntus hab tej maaj ntuag rhuav pov tseg."

Tom qaab ua le ntawd taag los tug ntxhais tsi zoo le. Tug quas yawg txha moog saib yaig lawm tom ntoo xeeb hab nug ntoo xeeb tas, "Yog vim le caag es kuv tug ntxhais tseem pheej mob le?" Tug nam nyau nraim ib saab nqaab ntoo paub tas tug nyuj yog nam luj lawm, nwg txha le has tas, "Yuav tsum muab tug nyuj tua." Thaum tug quas yawg lug txug tsev ces Kab nov sis thaam tas yuav muab tug nyuj tua, ces nwg txha dla moog rua tom nkuaj nyuj.

ab is crying to her mother, the cow, and the cow replies, "Why are you crying? I love you so much and I am helping you sew a beautiful dress for the New Year celebration[4]." The daughter tells her mom that the father is going to kill her. The mother says, "Get some buckets of water so I can slip and accidently die." Kab grabs the buckets of water and her mother says, "Whenever you need anything just go into the stable and you will find what you are looking for in there." The cow steps into the puddle of water, slips and dies.

ບາງຫ້ອງໄຫ້ນຳງົວເຊິ່ງເປັນແມ່ຂອງນາງ, ແລ້ວງົວກໍໄດ້ ອ້າວ່າໆ: "ເປັນຫຍັງເຈົ້າຈຶ່ງໄຫ້ແທ້? ຂ້ອຍຮັກ ເຈົ້າຫຼາຍ ແລະ ຂ້ອຍກໍໄດ້ຊ່ວຍເຈົ້າເຮັດສຳເລັດສິ້ນເພື່ອໃຫ້ເຈົ້າມີຊຸດ ມຸ່ງໃນຍາມກິນຈຽງແລ້ວເດ?" ບາງໆ ກ້າ ຈຶ່ງບອກກັບງົວວ່າຜູ້ເປັນພໍ່ຈະເອົາງົວມາຂ້າກິນ.

ງົວຜູ້ເປັນແມ່ຂອງນາງໆຈຶ່ງໄດ້ເອົາຂຶ້ນວ່າ: "ຫິບເອົານ້ຳມາກຽກໃສ່ໃຫ້ຂ້ອຍພໍນີ້ ແລ້ວລົ້ມຕາຍໄປຊະ!", ເອົາແລ້ວ ກ້າ ກໍໄປເອົາຖຕັກນ້ຳມາຫົດໃສ່ບ່ອນທີ່ງົວຢືນນັ້ນຈົນພື້ນ, ກ່ອນຈະຕາຍງົວແມ່ເຊິ່ງເປັນ ແມ່ຂອງ ກ້າ ໄດ້ເອົາກັບບາງໆວ່າ: "ເມື່ອໃດທາງລູກຢາກໄດ້ສິ ງໃດນັ້ນໃຫ້ລູກໄປທີຄອກງົວແລ້ວລູກ ຈະເຫັນສິ່ງທີ່ລູກຕ້ອງການຢູ່ທີ່ນັ້ນ". ເອົາແລ້ວງົວກໍຍ່ ງບບອກນຳພື້ນແລ້ວລົ້ມຕາຍ

Kab quaj rua tug nyuj kws yog nwg nam, ces nyuj txha teb tas, "Vim le caag koj yuav quaj ua luaj?" Kuv hlub koj heev hab kuv yuav paab koj saws tsuj saws npuag rua koj tau dla pebcaug. Tug ntxhais txha qha tas nwg txiv yuav muab nyuj tua.

Leej nam txha has tas, "Ca le nqaa dej lug chuav es kuas kuv luam taw kuas kuv tuag." Kab txha le khaws thoob moog nqaa dlej hab nwg nam txha has tas, "Thaum twg koj xaav tau dlaab tsi ces koj moog lawm nkuaj nyuj ces koj pum yaam koj xaav tau." Ces nyuj txha cev taw rua qhov taig dlej ces nyuj npleem taw tuag lawm.

The second mother treats Kab in a very mean way. She has to do all the chores from farming to cleaning the house, while the second mother and her daughter are getting ready for the New Year celebration. The second mother purposely mixes the corn with rice so Kab will have to spend the entire day separating the two. Kab begins to cry as she is doing her chores until she hears her mother's voice guiding her to the stable.

ຜູ້ເປັນແມ່ນ້ອຍບຮັ້ການບາງໆ ກ້າ, ແຕ່ລະມື້ໃຊ້ໃຫ້ ກ້າເຮັດວຽກໜັກແຕ່ເຊົ້າຈົນຄ່ຳ, ທັງເຮັດໄຮ່ ແລະ ເຮັດວຽກໃນເຮືອນ. ໃນຂະນະດຽວກັບ ຜູ້ເປັນແມ່ນ້ອຍ ແລະ ລູກສາວພາກັນແຕ່ງຕົວໄປຫຼິ້ນບຸນກິນ ຈຽງ, ສ່ວນ ບາງໆ ກ້າ ແມ່ນບຕ້ອງໄດ້ເຮັດວຽກໜັກຕໍ່ ບດຽວຢູ່ເຮືອນຢ່າງໜ້າເສົ້າໃຈຫຼາຍ. ແມ່ນ້ອຍຂອງ ກ້າຢ້ານວ່າ ເມື່ອ ກ້າເຮັດວຽກສຳເລັດ ກ້າຈະມີເວລາໄປຫຼິ້ນງານກໍ່ຖອນ ສະນັ້ນ ບາງໆກຳເອົາສາລີ ແລະ ເຂົ້າເປືອກມາ ປົນກັບໃຫ້ກ້າແຍກເພື່ອບໍ່ໃຫ້ກ້າ ມີໂອກາດຂອງກໄປທ່ຽງຫຼິ້ນປີໃໝ, ບາງໆ ກ້າ ທັງ ເລືອກເຂົ້າເປືອກທັງເຮັດບ່າໆຕາ, ໃນເວລານັ້ນເອງບາງໆກໍ່ໄດ້ຍິນສຽງຂອງແມ່ຕົນເອງຮ້ອງຫາ ໃຫ້ໄປຫຼິ ຄອກງົວ.

Tug nam yau ua phem heev rua Kab. Nwg yuav tau ua laj ua teb hab ua txhua yam hauj lwm huv vaaj huv tsev, kws lub sij hawm ntawd tug nam yau hab tug ntxhais yau taab tom npaaj moog nrug luas nquam paaj nquam nruag rua lub xyoo tshab.

Nam yau tseem txhob txhwm muab moob nplej lug xyaw noob pobkws es kuas Kab txha tau nyob tsev xaiv ib nub. Kab ib ke quaj ib ke ua hauj lwm, caag nwg nov nwg nam lub suab hu kuas nwg moog rua tom nkuaj nyuj.

Kab comes out of the stable and she is all dressed up in a dress made of gold. As she begins to leave her mother's voice warns her, "You must return before the sun set." At the New Year, there is a handsome young man playing the kaing[5]. The second mother wants the young man for her daughter but the young man is not interested. Kab arrives at the New Year celebration and everyone turns to look at her. The young man says, "Who is that?" The second mother says, "Ah, how dare she take my daughter's outfit and wear it!" The young man tries to catch Kab's attention so he can play ball toss[6] and get to know her but the second mother grabs Kab away and pushed her daughter in front of the young man.

ກ້າອອກຈາກຄອກງົວພ້ອມກັບຊຸດທີ່ງາມເຫຼື້ງເຫຼັ້ອດ້ວຍຄຳ, ໃນຂະນະທີ່ນາງພໍ່ມຸຍ່າງອອກ ມານາງໄດ້ຍິນສຽງເຕືອນຂອງແມ່ວ່າ: "ລູກຕ້ອງກັບກ່ອນຕາເວັນຕົກເດີ". ຢູ່ທີ່ເດີນບຸນກິນ ຈ່າງແທ່ງ ນັ້ນມີຂາຍຫນຸ່ມຄົນນັ້ນທີ່ງາມມີຮູບຮ່າງງາມຫນ້າຕາງາມພ້ອມທັງເປົ່າແຄນຫຼິງ. ແມ່ນ້ອຍ ຂອງກ້າຍາກໃຫ້ຂາ ຍຫນຸ່ມຄົນນັ້ນເປັນຂອງລູກສາວຕົນເອງ, ແຕ່ຂາຍຄົນນັ້ນຊ້ຳພັດບໍ່ ສົນໃຈ.

ທັນໃດນັ້ນກ້າຈາກໄປເຖິງເດີນ ໂຍ່ບຫນາງຕອບດ້ວຍຄວາມສະຫງ່າງາມຈົນໃຫຼຽກ່ ຫຼຽວມາເບິ່ງນາງ, ຂາຍຫນຸ່ມຄົນນັ້ນກໍເລີຍເອີ້ນຂຶ້ນວ່າ: "ນັ້ນແມ່ນໃຜ?" ທັນໃດນັ້ນແມ່ນ້ອຍຂອງນາງ ກ້າ ກໍຮ້ອງໃສ່ນາງກ້າວ່າ: "ໂອຍ, ເຈົ້າຄືກ້າເອົາຊຸດຂອງລູກ ສາວຂ້ອຍມານຸ່ງ!"

ຂາຍຄົນນັ້ນພະຍາຍາມສ້າງຄວາມສົນໃຈຈາກກ້າ, ລາວເລີຍຍ່າງເຂົ້າໄປຫາ ແລະ ໂຍ່ບ ຫນາງຕອບໃຫ້ກ້າ. ແຕ່ວ່າເມຍນ້ອຍຂອງກ້າ ຊ້ຳພັດຍູ້ນາງອອກໄປ ແລ້ວດຶງລູກສາວຂອງ ຕົນໄປໃ ສ່ຕໍ່ຫນ້າຂາຍຫນຸ່ມຄົນນັ້ນແທນ.

Kab tawm tom nkuaj nyuj lug nwg naav ib cev roog kub. Thaum nwg taab tom tawm moog, nwg nov nwg nam lub suab ceeb toom tas, "Koj yuav tsum rov lug kuas txug tsev ua ntej thaum nub poob qho nawb."

Nyob huv tshaav pob, muaj ib tug tub hluas zoo nraug heev hab txawj qeeg heev. Nam yau xaav kuas thaam nwg tug ntxhais kawg le tabsis tug tub hluas tsis nyam le.

Kab moog tshwm plawg ntawm tshaav pob caag txhua leej txhua tug nim tig lug saib nwg le. Tug tub hluas txawm nug tas, "Ntawd yog leej twg?" Nam yau txawm teb tas, "A ya nwg ces muab kuv tug ntxhais tej roog tsuj roog npuag naav xwb sav."

Tug tub hluas txawm txaav zog moog thaab Kab es kuas nwg tau pov pob rua Kab, tabsis nam yau txawm muab Kab chua nta hab txawm thawb ntag nwg tug ntxhais lug sawv ntawm Kab hauv ntej.

The sun begins to set and Kab hurries home before her dress turns into ripped and dirty working clothes. The young man runs after her but he can't catch up. Everyday of the seven day long New Year festival the same thing occurs, but on the last day as Kab tries to race back home, one of her golden shoes gets stuck in the mud. The young man stops to pick it up as he follows her home.

ເມື່ອຕາເວັນໃກ້ຕົກລົງສູ່ຂອບຟ້າ,ແລ້ວ, ກ້າງກໍ່ທິບ ແລ່ນກັບບ້ານກ່ອນທີ່ຊຸດຄຳຮັນສວຍ ໆ ມຂອງນາງຈະກາຍເປັນຊຸດເກົ່າຂາດຂ້ອຍ ແລະ ເປື້ອຍເປີ. ຂາຍໜຸ່ມຄົນນັ້ນໄດ້ ແລ່ນຕາມນາງໄປແຕ່ບໍ່ບຳຄັນ.

ພາຍໃນ 7 ວັນທີ່ຜ່ານໄປກໍ່ລ້ວນແຕ່ເປັນແນວນັ້ນໝົດ ແຕ່ໃນມື້ທີ 8 ໃນຄະນະທີ່ນາງ ພວມແລ່ນກັບບ້ານນັ້ນ ຍ້ອນຄວາມຟ້າວຝັ່ງນາງຈຶ່ງ ໄດ້ເຮັດເກີບກິ່ງໜຶ່ງຂອງນາງຕາ ຕົມຕິດຢູ່ກາງທາງ. ຂາຍຄົນນັ້ນກໍ່ເກັບ ເອົາເກີບກິ່ງນັ້ນແລ້ວຕາມໄປທີ່ເຮືອນຂອງນາງ ກ້າ.

Thaum lub nub pib yuav poob qho,ces Kab maaj nroog yuav lug tsev ua ntej nwg cev zaam yuav tig rov ua cev khaub dluag qub kws ndluag hlaab ndluag hlaw. Tug tub hluas dha caum nwg tabsis caum tsi cuag nwg qaab.

Txhua nub yeej tshwm sim ib yaam tau xyaa nub, tabsis nub yim ces thaum Kab dlha rov moog tsev nwg ib saab khau kub txawm hle rua ntawm qhov aav qas. Tug tub hluas txawm nyo ntshis khaws tau thaum caum nwg lug tsev.

When he arrives at the house he only sees a young lady in working clothes. He waits at the doorstep until the rest of the family gets home. The young man makes everyone try on the golden shoe. The second mother tries on the golden shoe but her foot is too long. Then, the second daughter tries on the shoe but her foot is too wide. Lastly, Kab tries on the shoe and it slips perfectly on to her foot. The young man stays the night, and early in the morning Kab and the young man leave quietly. The second mother is furious that he did not choose her daughter and she sends her daughter to look for them.

ເມື່ອຊາຍຄົນນັ້ນມຳໄປເຖິງເຮືອນຂອງນາງໆ ກ້າ ລາວເຫັນແຕ່ນາງສາວທີ່ນຸ່ງຊຸດເກົ່າໆເຮັດ
ວຽກຢູ່ໜ້າບ້ານເທົ່ານັ້ນ ໃນເມື່ອເປັນແນວນັ້ນລາວກໍມິແຕ່ຢືນຢູ່ຕຳໜ້າປະຕູລຳຖ້າຈົນ
ຄອບຄົວຂອງນາງໆມາຄົບແລ້ວລາວຈິ່ງເອົາເກີບກຳນັ້ນໄປໃຫ້ພວກເຂົາລອງເພື່ອຈະໄດ້ຮູ້
ວ່າຍິງທີ່ວິດຄວາມຄົນນັ້ນແມ່ນໃຜ, ທັງແມ່ນ້ອຍ, ແລະ ນ້ອງສາວໄດ້ລອງໄປໜົດແລ້ວແຕ່ຕີນ
ຂອງພວກເຂົາຊ້ຳພັດໃຫຍ່ກ່ວາເກີບນັ້ນ.ໃນທີ່ສຸດຈິ່ງໃຫ້ນາງກ້າ ມາລອງເບິ່ງປາກົດວ່າ
ເກີບກຳນັ້ນພັດກໍ່ບຕິນຂອງກ້າ.

ເມື່ອຮູ້ເຈົ້າຂອງແລ້ວຊາຍໜຸ່ມຄົນນັ້ນກໍເລີຍ ຂຳພັກເຊົາມຳ ແລະ ໃກ້ຄ່ອບແຈ້ງກ້າ ແລະ
ຊາຍໜຸ່ມຄົນນັ້ນກຳພາກັນໜີໄປຢ່າງໆງຽບໆ, ຜູ້ເປັນແມ່ນ້ອຍດຸດແຄ້ນໃຈຫຍາຍທີ່ຊາຍຄົນ
ນັ້ນບໍ່ເລື້ອກລູກສາວຂອງຕົນສະນັ້ນນາງໆຈິ່ງສັ່ງລູກສາວຂອງຕົນຕາມໄປຂອງກາທາພວກ ເຂົາ.

Thaum nwg moog txug ntawm lub tsev nwg tsuas pum ib tug hluas nkauj naav roog ua haujlwm xwb. Nwg txawm sawv ntawm qhov rooj tog thaum tsev tuab neeg lug tsev txhua. Tug tug hluas txha le kuas txhua leej lug sim saab khau kub. Tug nam yau lug sim saab khau tabsis nwg txhais taw ntev zog lawm. Ces tug ntxhais yau ho lug sim tabsis nwg txhais taw ho dlaav dhau lawm. Thaum kawg, Kab txha le sim txhais khau ua cav txawm hum nkaus nwg txais taw.

Tug tub hluas txawm nyob ib mos ces Kab hab tug tub hluas txawm cuab ntxuv nyag kev tsiv lawm. Tug nam yau chim hab mob sab heev tas tug tub hluas hov tsi xaiv nwg tug ntxhais ces nwg txawm tso tug ntxhais moog tsoj ob tug qaab.

The second daughter catches up with them but they have already crossed the big river. By the time the second daughter finds them again years have passed and Kab has already had a son. One day, the young man is out fishing and only Kab and her son are home. The second daughter arrives at their home and Kab greets her, "Hello sister, we haven't seen each other for so long." The second daughter asks to use the bathroom and Kab guides her to the bathroom. As Kab turns around, the second daughter kills her.

ຜູ້ເປັນນ້ອງສາວໄດ້ນຳທັນສອງຄົນນັ້ນ ແຕ່ວ່າພວກເຂົາຊ້ຳພັດຂ້າມແມ່ນ້ຳໄປຮິກຝັ່ງ ພຸ້ນແລ້ວ. ຫຼັງຈາກນັ້ນເວລາຜ່ານໄປດົນນານນ້ອງສາວຈຶ່ງກັບມາຊອກໄດ້ກ້ ໆ ແລະ ຊາຍໜຸ່ມຄົນນັ້ນ, ຈຶນວ່າ ກ້າມີລູກຊາຍຄົນໜຶ່ງແລ້ວ.

ມີມື້ໜຶ່ງ, ຜົວຂອງນາງໆກ້າ ໄດ້ອອກໄປຫາປາແລ້ວຍັງເຫຼືອແຕ່ນາງ ກ້າ ກັບລູກຊາຍ ຂອງນາງຢູ່ເຮືອນເທົ່ານັ້ນ. ນ້ອງສາວຂອງລາວມາຮອດເຮືອນຂອງພວກເຂົາ. ກ້າດິໃຈ ຫຼາຍຈຶ່ງ ເອີ້ນທັກວ່າໆ: "ສະບາຍດີນ້ອງສາວ, ບໍ່ ໄດ້ພົບກັນດົນແລ້ວນ! "

ຜູ້ເປັນນ້ອງສາວຂອງນາງໆກ້າກໍ່ທຳທ່າຖາມຍາກໃຊ້ຫ້ອງນ້ຳ ແລະ ໃຫ້ກ້າພານາງໆໄປທີ່ ຫ້ອງນ້ຳ. ນາງໄດ້ບອກໃຫ້ກ້າທັນທ້າງ ໃນຂະນະທີ່ນາງໆ ກ້າ ກຳລັງທັນທ້າງຢູ່ນັ້ນນ້ອງ ສາວກໍຂ້າ ກ້າ ຕາຍຢູ່ກັບທີ່.

Tug ntxhais yau caum cuag ob tug tabsis ob tug twb hlaa dhau dlej rua saab ntug tim u lawm. Nyob ntuj tom qaab nua nwg ho rov nrhav tau ob tug ces Kab twb muaj ib tug tub lawm.

Ib nub, tug tub hluas moog muab ntseg ces tshuav Kab hab nwg tug tub nyob tsev. Tug ntxhais yau tuaj txug ntawm puab tsev, Kab hu nwg tas, "Nyob zoo os nam hluas, tau ntev heev tsi tau sis pum le lawm."

Tug ntxhais yau txawm tas nwg xaav siv tsev viv es kuas Kab qha nwg kev moog rua tom tsev viv. Thaum Kab taab tom tig hlo rov qaab ces tug ntxhais yau txawm muab Kab tua tuag kag lawm.

The young man returns home from fishing and the second daughter pretends to be his wife. He asks her to get him a bucket of water and she grabs the wrong one each time. Finally, the second daughter asks the son which bucket his mother would get. The young man says, "If you are really my wife, then give me a pillow to sleep on." The second daughter asks the son which pillow his mother would use and the son says his mother used her hair. The second daughter has very soft hair and it does not work well as a pillow.

ຫຼັງຈາກທີ່ຜົວຂອງນາງໄປຫາປາກັບມາຮອດເຮືອນ, ນ້ອງສາວໄດ້ປອມຕົວເປັນເມຍ ຂອງລາວ, ຜູ້ເປັນຜົວບອກໃຫ້ນາງເອົາຖຸຕັກນ້ຳມາໃຫ້, ນາງກໍຈັບຜິດຖຸຕະຫຼອດ. ສຸດ ທ້າຍນາງຈິ່ງຖາມລູກຊາຍຂອງກ້າ ວ່າແມ່ຂອງລາວໃຊ້ຖຸໜ່ວຍໃດໄປຕັກນ້ຳ.

ຜູ້ຮອດຍາມນອນຜົວຂອງນາງ ກ້າ ກໍເວົ້າຂຶ້ນວ່າ: "ຖ້າເຈົ້າເປັນເມຍຂອງຂ້ອຍແທ້, ເຈົ້າ ຈິ່ງເອົາໝອນທີ່ຂ້ອຍເຄີຍນອນມາໃຫ້ຂ້ອຍນອນແດ່" ບ້າ ງສາວກໍ ດ້ຖາມລູກນ້ອຍຂອງ ນາງ ກ້າ ອີກວ່າແມ່ຂອງເຈົ້າເອົາຫຍັງມາໃຫ້ພໍ່ເຈົ້ານອນ ລູກຊາຍນ້ອຍຈິ່ງໄດ້ຕອບວ່າ: "ແມ່ຂອງຂ້ອຍເອົາຜົມຂອງລາວມາເປັນໝອນໃຫ້ພໍ່ຂ້ອຍນອນ". ແຕ່ຜົມຂອງນ້ອງສາວ ສັ້ນເກີນໄປບໍ່ພໍສຳລັບທາຈິ ະ ເອົາມາເປັນໝອນໃຫ້ຜົວຂອງນາງ ກ້າ ນອນ

Thaum tug tub hluas nuv ntseg rov lug txug tsev, tug ntxhais yau txawm ua le kws nwg yog tug quas puj. Txhua zag tug quas yawg kuas nwg muab thoob moog nqaa dlej, nwg xij pheej muab lub tsi yog xwb. Thaum kawg, tug ntxhais yau txha nug tug tub tas nwg nam siv lub thoob twg nqaa dlej

Tug tub hluas txha has tas, "Yog tas koj yeej yog kuv tug quas puj tag nua, sim muab lub tog rau ncoo rua kuv pw." Tug ntxhais yau txawm rov nug tug miv tub saib nwg nam muab dlaab tsi rau nwg txiv ncoo ces tug tub txha le tas nwg nam muab nwg cov plaub hau rau nwg txiv ncoo xwb. Tug ntxhais yau cov plaub hau tsawg tsi txaus rau ncoo.

In the morning the son tells the father that the second daughter has killed his mother. The young man goes out to look for his wife and finds her dead. Meanwhile at home, the second daughter wanting to please the young man asks the son what shampoo his mother used for her hair. The son says, "She used boiling hot water." As she begins to wash her hair in boiling hot water, the son pushes her into the pot. She dies in the boiling water but her spirit whirls up into a tornado, disappearing into the sky.

ຕອນເຊົ້າມື້ຕໍ່ມາລູກຊາຍຂອງລາວຈິ່ງໆໄດ້ບອກວ່າ: "ນ້ອງສາວຂອງແມ່ເປັນຄົນຂ້າ ແມ່ຂອງລູກ". ແລ້ວຜົວຂອງນາງໆ ກໍຈາ ໄດ້ອອກໄປຊອກຫານາງໆແຕ່ພໍໄປເຫັນນາງໆກໍ ຕາຍແລ້ວ.

ໃນຂະນະນັ້ນຢູ່ເຮືອນ, ຜູ້ເປັນບໍ່ອ້ງສາວຢາກເຮັດໃຫ້ຜົວ ກໍ້ໆ ພໍໃຈຈຶ່ງໄດຖາມລູກ ຊາຍນ້ອຍວ່າ: "ແມ່ຂອງເຈົ້າໃຊ້ຫຍັງສະຜົມເປັນຫຍັງຜົມລາວຈຶ່ງຍາວແທ້" ລູກຊາຍ ໄດ້ຕອບວ່າ: "ແມ່ຂອງຂ້ອຍຕົ້ມນ້ຳຮ້ອນສະຜົມ". ຕອນທິ່ນາງໆກໍ້ມລົງສະຜົມໃນໝໍ້ ຕົ້ມນ້ຳຮ້ອນໆ ລູກຊາຍນ້ອ ຍກໍ້ຍູ້ນາງໆລົງໃນໝໍ້ຕົ້ມນ້ຳຈິນນາງໆຕາຍໃນນັ້ນ ຫຼັງຈາກ ນາງໆຕາຍແລ້ວວິນຍານຂອງນາງໆກາຍເ ປັນລົມພະຍຸໝູນ ຂຶ້ນໄປເທິງຟ້າແລ້ວກໍ່ຫາຍ ໄປ.

Taag kig sawv ntxuv, tug tub hluas txawm tawm moog nrhav nwg tug quas puj hab thaum nrhav tau ces nwg twb tuag lawm. Tug miv tub txha le qha tas tug ntxhais yau yog tug tua nwg nam.

Lub sij hawm ntawd nyob tom tsev, tug ntxhais yau txawm nug tug tub tas nwg nam siv dlaab tsi zawv plaub hau. Tug tub teb tas, "Nwg rhaub dlej kub zawv xwb." Thaum nwg taabtom pib yuav siv dlej kub zawv plaub hau, tug tub txawm muab nwg thawb poob rua huv yag dlej kub. Nwg tuag rua huv yag dlej kub ces nwg tug plig txawm ua ib twv paa chu sawv ua ib lub khaub zeeg cua, pluj rua sau ntuj lawm.

The young man buries his wife and a very tall tree grows in that place. He goes to the magician and asks how he can get his wife back. The magician says, "Don't cut the tree down except to use as firewood. You save the ashes and this way your wife will live with you forever and if anyone takes the ashes they will take your wife with them." One day, while the father is out, an old Chinese lady comes by asking for ashes to use as medicine to cure her daughter, and the son, not knowing what the agreement was, gives them to her.

ຜົວຂອງນາງໆ ກ້າ ຈຶ່ງໄດ້ເອົາສົບນາງໆ ກ້າ ໄປຝັງໄວ້ເຮືອນຂອງພວກເຂົາ ຫ່າງຈາກ ຝັງແລ້ວບໍ່ ດົນກໍເກີດມີຕົ້ນໄມ້ທີ່ໃຫຍ່ ແລະ ສູງທີ່ສຸດ. ອັນຫນຶ່ງຜົວຂອງນາງໆຈຶ່ງໄດ້ ໄປຫາຫມໍຜີຕົ້ນຫນຶ່ງເພື່ອ ຍາກຮູ້ວ່າຈະເມຍກັບມາໄດ້ແບວໃດ, ຫມໍຜີໄດ້ເວົ້າວ່າ: "ເຈົ້າບໍ່ຕ້ອງຕັດຕົ້ນໄມ້ຕົ້ນນັ້ນຍົກເວັ້ນ ຕັດມາເປັນຟືນ. ຂີ້ເຖົ່ານັ້ນແມ່ນເມຍຂອງ ເຈົ້າສະນັ້ນເຈົ້າບໍ່ຕ້ອງເອົາໄປຖີ້ມແລ້ວມັນຈະຢູ່ກັບ ເຈົ້າຕະຫຼອດໄປ ແຕ່ຖ້າຜູ້ໃດ ເອົາຂີ້ເຖົ່າຂອງເຈົ້າໄປແມ່ນຜູ້ນັ້ນຈະເອົາເມຍຂອງເຈົ້າໄປນຳດ້ວຍ". ມີມື້ຫນຶ່ງ, ຜົວຂອງນາງໆກ້າບໍ່ຢູ່ເຮືອນແລ້ວມີແມ່ປ້າຄົນຫນຶ່ງມາຂໍເອົາຂີ້ເຖົ່າຂອງ ລາວໄປເປັນຍາ ລູກຂາຍນ້ອຍຂອງກ້າບໍ່ຮູ້, ຈຶ່ງໄດ້ເອົາຂີ້ເຖົ່າໃຫ້ແມ່ປ້າຄົນນັ້ນ ໄປ.

Tug tub hluas txawm muab nwg tug quas puj log ces lub ntxaa txawm tuaj ib tsob ntoo sab heev. Nwg txha moog nug saub saib seb yuav ua le caag es txha yuav tau nws tug quas puj rov qaab lug. Saub has rua nwg tas, "Yuav tsum tsi txhob ntuv tsob ntoo tsuas yog pub txav ua tawg tsauv xwb. Koj tseg cov tshauv ces qhov nuav koj tug quas puj txha le yuav nrug koj nyob moog ib sim hab yog leej twg nqaa cov tshauv ces yog nqaa koj tug quas puj nrug puab lawm."

Ib nub, thaum leej txiv tawm lawm, ib tug puj suav laug txawm tuaj thov ib qhov tshauv moog ua tshuaj khu nwg tug ntxhais, tug tub tsi paub tej kev cog lug yog daabtsi ces txawm muab qhov tshauv rua tug puj suav laug nqaa lawm.

Kab reappears from the ashes to become the old Chinese woman's daughter. Everyday Kab goes back to care for her son and the young man, her husband. The Chinese woman asks the spirit man why her daughter keeps going to this house and he replies, "It's because they are her husband and her son." The old Chinese woman sends Kab back to live in her home. The second daughter, who has been watching from the sky, whirls down and slowly drags Kab from the young man's arm.

ຫຼັງຈາກທີ່ເອົາຂີ້ເຖົ່າໃຫ້ແມ່ປ້າຄົນນັ້ນນາງ ກ້າ ກໍໄປເກີດເປັນລູກສາວຂອງແມ່ປ້າ ຄົນນັ້ນ ໃນແຕ່ລະມື້ ໆ ຈະກັບມາເຮັດວຽກເຮືອນໃຫ້ສອງພໍ່ລູກຂອງນາງແມ່ຂອງ ນາງ ກ້າ (ແມ່ປ້າ) ຈຶ່ງໄປຖາມພະຜີ ວ່າເປັນຫຍັງລູກສາວຂອງຕົນຈຶ່ງ ໄປຫາສອງພໍ່ ລູກນັ້ນຕະຫຼອດ. ຜີພະຈຶ່ງຕອບວ່າ: "ເພາະວ່າສອງພໍ່ລູກນັ້ນເປັນລູກ ແລະ ຜົວຂອງ ນາງ ແມ່ປ້າຮູ້ແນວນັ້ນລາວກໍໄດ້ສົ່ງ ນາງ ກ້າ ໄປໃຫ້ສອງພໍ່ລູກນັ້ນຄືນ". ຜໍໄປຮອດ ອ້ອມຍາມຂອງນ້ອງສາວຂອງ ກ້າ ໄດ້ເຮັດພະຍຸໃຫຍ່ລົງແຕ່ສະຫວັນມາດຶງນາງ ກ້າ ໄປຈາກແຂນຂອງຜູ້ເປັນຜົວນາງ.

Kab txawm moog ua puj suav laug tug ntxhais lawm. Txhua nub Kab rov moog tu nwg tug tub hab nwg tug quas yawg. Puj suav laug txha moog saib yaig saib yog le caag nwg tug ntxhais txha xij pheej moog ntawm ob tug lub tsev ces saub teb tas, "Vim tas ob tug yog nwg tug yog nwg ob txiv tub."
Tug puj suav laug txha le xaa Kab rov moog rua tom nwg tsev. Thaum tug ntxhais yau nyob sau ntuj nwg pum ces nwg ua ib nthwv cua lug nqug Kab tawm plawg ntawm tug tub hluas saab npaab lawm.

As Kab is being pulled away, she says to her husband, "I know from now on we can't be together, so you become the hemp and I will become the bee to make honey and beeswax. Our son will become a hummingbird so he can eat the honey. This way we can always be together, you as the hemp for the cloth and me as the beeswax for the batik[7]. No one will ever be able to pull us apart." And to this day, whenever the hemp is placed in the indigo dye pot, there is loud bubbling, and we know it's because the husband and wife are joyfully together once again.

ໃນຂະນະທີ່ພະຍຸກຳລັງດູດນາງ ກ້າ ໄປນັ້ນນາງໄດ້ເວົ້າກັບຜົວຂອງນາງວ່າ: "ຂ້ອຍຮູ້ດີວ່າຕໍ່ໆການນີ້ໄປຂ້ອຍກັບເຈົ້າຈະບໍ່ໄດ້ພົບກັບອີກແລ້ວ, ຖ້າຊາດໜ້າມີ ຈິ່ງເຈົ້າເກີດໄປເປັນຕົ້ນປ່ານແລ້ວຂ້ອຍຈະເກີດໄປເປັນໂຕເຜິ້ງເພື່ອຜະລິດນ້ຳ, ເຜິ້ງ ແລະ ຂີ້ເຜິ້ງ, ລູກຊາຍຂອງພວກເຮົາຈະເປັນບົ້ງກາມາກິນນ້ຳເຜິ້ງ. ມີແຕ່ທາງ ດຽວເທົ່ານັ້ນທີ່ພວກເຮົາຈະໄດ້ຢູ່ຮ່ວມກັບຕະຫຼອດໄປ.

ທາງດຽວນີ້ທີ່ພວກເຮົາຈະຢູ່ຮ່ວມກັນໄດ້, ເຈົ້າເປັນຜ້າປ່ານຂ້ອຍເປັນຂີ້ເຜິ້ງ, ເວລາທີ່ເຮົາຂີ້ເຜິ້ງມາ ແຕ້ມໃສ່ປ່ານຈະບໍ່ມີໃຜແຍກໄດເຮົາສອງຄົນຈາກກັນອີກ ຕໍ່ໄປແລ້ວ. ສະນັ້ນມາເຖິງປະຈຸບັນ, ເມື່ອໃດທີ່ເຮົາຍ້ອມແພປ່ານ ເວລາທີ່ເຮົາ ແພປ່ານລົງໃນໝໍ້ຫ້ອມຈະມີຟອດຂຶ້ນມາ, ມັນໝາຍເຖິງທັງຜົວ ແລະ ເມຍໄດ້ຢູ່ ຮ່ວມກັນຢ່າງມີຄວາມສຸກອີກຄັ້ງໜຶ່ງ.

Thaum nthwv cua taab tom nqug Kab tawm moog, nwg txha has rua nwg tug quas yawg tas, "Kuv paub tas txij nuav moog wb yuav tsi tau uake le lawm, ces ca koj txa ua tsob maaj hab kuv txa ua tug ntaab kws ua zib. Wb tug tub txa ua tug noog taub qaub sub nwg txha tau haus cov zib ntaab. Txuj kev nuav peb cov nam txiv tub txha le yuav tau nyob ua ke moog ib txhis, Koj yog maaj ua nroog hab kuv yog cab ntaab caam nthu. Tsi muaj leej twg yuav muab wb ib leeg cais tau rua ib qho lawm." Hab txug naj nub nua, thaum twg muab xuv maaj lug tso lub thoob tsaus nkaaj ces muaj npuag npau nrov zum zawg ces peb paub tas yog tug quas quawg hab tug quas qawg hab tug quas puj ob tug rov tau lug lomzem ua ke dua ib zag ntxiv.

Glossary

1. **Hmong** – An ethnic minority group of Asian people who immigrated to the United States after 1975 from Laos. In terms of marriage, while the traditional Hmong society recognizes polygamy as another form of marriage, monogamy is, in fact, the most predominant and preferred type of marriage.

2. **Loom** – A machine or tool used for making fabric by weaving yarn or thread.

3. **Hemp** – A tough, coarse fiber plant used to make cloth.

4. **New Year Celebration** – Cultural tradition that takes place annually. During the New Year's celebration, Hmong dress in traditional clothing and enjoy Hmong traditional foods, dance, music, bullfights, games, and other forms of entertainment. Hmong New Year celebrations frequently occur in November and December (traditionally at the end of the harvest season when all work is done) and last about two weeks. The celebration is held to thank all the gods and ancestors who have helped throughout the year. Everyone in the village, from the youngest to the oldest, is involved.

5. **Kaing** – A Hmong bamboo musically instrument. In Hmong it is called the *qeej*. In the Hmong culture the music it plays is like an extension to the Hmong language, meaning every note symbolizes its own word.

6. **Ball Toss** – The Hmong ball tossing game pov pob is a common activity for adolescents. Boys and girls form two separate lines in pairs directly facing one another. The pairs toss a cloth ball back and forth, until one member drops the ball. If a player drops or misses the ball, an ornament or item is given to the opposite player in the pair. Ornaments can be singing love songs (*hais kwv txhiaj*) to the opposite player or giving them a piece of silver.

7. **Batiks** – A method of producing colored designs on textiles by dyeing them, having first applied bees wax to the parts to be left undyed.

14045818R00020

Made in the USA
Charleston, SC
17 August 2012